내가 나에게

(사)춘천민예총문학협회

시문 동인 5집(2024)

내가 나에게

권산하
김 빈
김종수
김진숙
김해경
김홍주
유정란
유태안
이소원
이정훈
장은숙
제갈양
조현정
최관용
탁운우

달아실

일러두기

보조 용언과 합성 명사의 띄어쓰기 등 본문의 맞춤법은 시인의 의도에 따른 것임.

제5집을 펴내며

아무리 가물어도 나무는 한 방울의 물이라도 끌어올리는 일을 멈추지 않는다. 우리가 그리고자 바라보는 대상의 그 뒷면의 어떤 것도 보이지 않을 때, 절망하지 않고 끊임없이 한 방울의 시어라도 찾으려 분투하다 보면 시의 나무에 어느덧 꽃이 피지 않을까? 시문 동인들의 시에 대한 진정성이 그러할 것이다.

2024. 10

(사)춘천민예총문학협회장 권산하

차례

내가 나에게

이정훈

장은숙

제갈양

시문 동인들의 시

권산하	이소원
김　빈	이정훈
김종수	장은숙
김진숙	제갈양
김해경	조현정
김홍주	최관용
유정란	탁운우
유태안	

권산하

(사)춘천민예총문학협회 회원.

그 남자의 저녁

개업한 지 몇 달도 되지 않아 '우리동네마트'는 문을 닫았다
남자는 팔리지 않는 인형처럼 마트 안에 고여 있었다
누군가 문을 열고 들어와 그 고요를 깨뜨리기 전에
화석처럼 어둠에 섞여드는 단단한 절규
남자의 온몸을 가로지르는 칼날들의 단층
천국이라 말하는 입속에 살던 천국이 알몸으로 달아날 때까지
천국이 진열되고 천국이 밤이 되는
마트 안은 남자의 기도문으로 가득 차 있었다
아무도 듣지 않는 성경 구절이 마트 창 밖으로 흘러 다녔다
도무지 읽을 수 없는 한 권의 비망록이 거기 있었다
문 닫은 교회 정원의 예수상처럼 남자의 저녁이 시작되고 있었다

적막을 건너는 중

TV 볼륨을 100으로 올려도 들리지 않는다
노모는 늙은 느티나무처럼 얌전해져선
박자와 가사가 맞지 않는 몸을 흥얼거린다

이따금 그냥 있는 적막처럼
초점 없는 눈으로 허공의 구멍을 파들어간다

풍향계 없이 눈꺼풀을 덮는 바람의 뒤꽁무니와
뿌리를 뻗어가는 그녀의 줄거리만 듣다가 듣다가
행방불명되는 잎 하나
노모의 입가에 간신히 매달려 있을 때가 있다

"밥 도!"

볼륨 0이라도 가슴 한구석 감전되어 새까맣게 타버린
세상의 모든 소리,
다시 아기가 되어 버둥거리던 세상의 모든 몸짓이
귀 기울이면 앓던 말들로 우르르 쏟아져

방바닥이 무너지도록 고요가 쌓이는 날이 있다

갈 곳은 없어도 가고 싶은 곳은 있지요

버스 정류장을 지나다 빈 의자를 보면 앉고 싶어진다
노선 어디에도 '눈물의 나라'는 없는데
버스는 멈췄다가 떠나고
울지 못한 울음들은 출렁이는데
얼마큼의 탈피를 해야 나는 온전한 눈물이 되려나
나를 만지면 그도 눈물이 되어
함께 '눈물의 나라'로 갈 수 있으려나
버스 정류장에서 버스를 기다리는 노인 몇
마지막 남은 한 방울의 눈물 같은.

벚나무 아래에서

순간 날카로운 비명이 들렸다
벚꽃이 지고 있었다

달의 배면처럼 잊은 사람

면도날보다 더 빛나는 꽃잎
상처는 붉어서 봄이고

한순간에 눈멀면
더 이상 눈멀지 않아도 되는 날만 남아 있는데

어떡하나, 아아 어떡하나,
물들이려 가슴 베고 들어오는 이 칼날들을!

눈물

너에겐 웅덩이가 보여

색깔 없이 살아온 날들
구름을 잃어가는 날들

어쩌자고 극지와 극지로 가는 발자국들은 시들어가는
거야

그렇다면 무뎌진 비수 하나를 숫돌에 갈아
다시 가슴에 넣어둬야 할 때가 온 거지

너의 밤
너의 흐려진 창

갈라진 상처로부터 떠오르는 눈동자
온몸 태우던 불꽃
뒤에 찾아오는 젖은 노래처럼

너에겐 꽃이 보여

오래전 불안이었던 씨앗이 보여

길 없는 바람이 다가오는 게 보여

김빈

2006년 『시현실』로 등단. (사)춘천민예총문학협회 회원, 강원여성문학인협회 회원, 빛글문학 동인, 삼악시 동인. 시집 『시간의 바퀴 속에서』, 『버스정류장에서 널 기다리며 잠든 꽃잠』, 『식물의 감정』

키 작은 소나무

바위틈 단단히 뿌리내리고 옹이마저 품은 키 작은 소나무
바람에 흔들릴 때마다 네 그림자가 너를 밀어 올리면
뻗은 뿌리로
검은 구름 불러내는 힘을 보여줘
풍파가 풍판지도 모르고
세월이 훑고 간 몸통 줄기 한쪽으로 틀어져
바람에 휘청 뽑힐 것 같아도
온 산 짙푸른 메아리 퍼지도록
절벽 아래 폭포에서 득음을 한 소리꾼처럼
크게 한 번 소릴 질러 봐
절벽을 움켜쥐고 있는 나의 나무여

바람의 말이지

카페에 앉아 눈이 내리는 먹빛 하늘을 꺼내는 동안
겁 없이 말랑말랑거리며 속을 다 드러내놓고
아홉 시 경까지 바라본 풍경이 재빠르게 지나가고
한적한 시골 카페 문 닫을 시간이 오고
그 남자는 착한 여자를 좋아한다고 말하고
가슴이 큰 태양인 여자를 꿈꿨다고 말하고
뼈 없는 웃음 한바탕 웃어 젖히고
사랑은 바람처럼 말을 하는데
살며시 불다가 스르륵 사라지는
사랑에도 타이밍이 있을까
그거 잊은 지 오래라서
허공으로 부는 바람 품지 않으면 사랑의 거리도 없는 걸까
그거 해 본 지 오래라서
허공을 견디는 핑계로 도돌이표인 사랑을 풀무질하고 있단 말이지 바람이
사랑 한 번 못해 본 바람이 꿈꾼다고 해서 사랑이 불까 그 남자에게

푸른 하늘이 너라면

푸른 하늘이 너라면 나는 하얀 그리움이다
울렁거리며 살아낸 그리움의 선을 내려
너에게 가는 음을 만들고 있다
아픔 견디고도 지워지지 않는
파란 상흔들 싹을 내고 있다
봄의 생명 잉태한 영혼의 불덩어리
깊은 울음 울어 길을 내고 있다

헝클어진 실타래를 풀듯 목마른 부표로 솟아
오늘이 어제가 아니듯
푸른 하늘 아래 너와 같은 아이 꿈을 꾸고 있다

폐차

허공에 매달려 지나온 길을 회상한다

몸짓에서 떨어지는 햇살의 분량으로

별을 따라 다니며 달을 건너던 이 별의 안전운행

이 별에서 다른 별의 이주까지

돌아와 우주로 간다

속도에 따라 별 탈 없이 허공에 매달려 차르~ 차르~~

나의 아버지

가족을 떠나 다른 곳에 둥지를 튼 아버지
사랑은 죄가 아니야
하지만 엄마에게 아버지는 죄인이야
라고 말하는 나를 유독 미워하셨다
거리에서 종종 폐지와 공병을 가득 싣고
목마른 한낮을 끌고 가는 아버지를 스쳐지나갈 때면
가슴에 돌덩이 하나 매달은 듯 무겁다
그런 날이면
몸살처럼 식은땀을 흘리며 미장공인 젊은 아버지 꿈을 꾼다
공구통과 고무다라 하나 트럭 안쪽에 실어 올리면 하루가 꽉 찼던
그 뒷모습이 사월의 꽃비처럼 꿈속으로 내린다

시멘트처럼 단단하던 아버지가 이제 남루해져
공병처럼 휘파람 소리를 낸다

詩의 집

무시로 넌 나를 설레게 한다

밤을 새워도 시간이 아깝지 않다

오직 너에게 위로 받고 소통할 수 있다

내 영혼의 집

김종수

전 춘천시민언론협동조합 주간신문 '춘천사람들' 이사장.
(사)춘천민예총문학협회 회원. 시집 『들꽃징역』, 『엄니와 데모꾼』.

내가 나에게

개혁보다는 혁명이 쉽다는데
참인지 거짓인지
해 보지 않아 알 수는 없지만
결전의 노래만 부른들
반역의 시간이 멈추기나 하겠나
지금은 깨고 부술 때
관성에 찌든 나를
스스로 그어놓은 선 안에서
딱 그만큼의 적당한 전진을
말만 앞세우고 행동 느슨한 나를

바리케이드 앞에서 뒤로 빠질까 말까
째깍째깍 망설임의 초침은 두리번대는데
전진과 비겁의 중간에 선 나여, 묻는다
껍질은 깼는가?

방랑자

낯선 도시 한복판입니다
아무도 모르니 설움조차 참 편안합니다

편지를 씁니다
나는 바람, 지나간 바람이라고
지금은
아침 햇살 같은 사랑을 기다리고 있다고
기다림이 한참 길어질 것 같다고
그대에게 편지를 씁니다

새로운 거리에 비가 내리면
빗줄기 속 방랑자로 떠납니다
등 뒤로 다시 바람이 붑니다
가끔 그대가 생각나도 잊기로 합니다

침묵

나만의 노래들
무성한 말의 가지들
하나둘 치다 보면
꽃 한 송이 겨우 필까

나의 생각 나의 주장들
하나둘 버리다 보면
저 벌판 어디쯤 홀로
느낌표 하나 입에 물고 덩그마니 서 있겠지

뒷골목

네온사인 꺼지고
한바탕 꿈도 꺼져 버린 거리에는
종잡을 수 없는 풍문들만 눅눅했네

도시의 길목마다 반짝이던 거미줄은
밤이 오면 푸른 달빛을 삼켜 버렸지
파리지옥의 끈적끈적한 꽃잎처럼
팜므파탈 같은 유혹의 뒤안길에서
허탈한 표정들이 절룩거리며 흐느꼈네

모란공원

칼 들면 총 맞는 법
먼저 칼을 든 자 누구인가

두려워할수록 커지는 괴물들
피할수록 난폭해지는 괴물들

오늘은 다만
나약한 내 심장을 향해 쏠
총알을 장전하고 무덤 앞에 설 뿐
눈물 이내 마르더라도
총 한 자루 꼭 잡고 묘비명을 숙독할 뿐

인생

비난받을 자유를 누려볼 텐가
쓰러지지 않으면 더 단단해질 것이네

또 한편은 배려할 자유도 있지만
배려 후에 비난을 쏟아붓기도 하지
타인보다 자신을 더 배려하는 본능 때문이네

배려와 비난은 변검마술 같은 찰나의 일
그 찰나를 볼 수 있다면, 그것은 마법 같은 일

김진숙

2009년 『시와 창작』 수필 등단. 2012년 『시현실』 시 등단. 빛글문학 초대 회장 역임. (사)강원민예총문학협회·춘천민예총문학협회 회장 역임. (사)춘천민예총문학협회 회원. 시집 『사람을 생각하는 일』.

옛집

누렁이와 아이가 뒹굴던 마당이 없어졌다
라면처럼 고불고불 돌며 느린 발자국 받아 주던
골목과 희망슈퍼도 없어졌다
사람 냄새 꿉꿉했던 골목
밀리고 밀리다
뿌리째 뽑힌 고춧대와 같이
빛바랜 이웃들 이력

비상구 없이 하늘 높이 솟아오른 옛집
퇴계동 61번지
발이 마당에 닿지 않는다

봄 2

눈 감으면
아이의 비밀 다락방 같은 냄새

물기를 흠뻑 빨아들여
둥그러진 길

덧댄 천 조각에서
색색 사연의
사람들이 나온다

봄볕 끓어다
새 옷 만들어 입혀야겠다

그렇습니다

비가 왔습니다
퇴계동에서 효자동으로 교동으로
어디에도 속하지 않지만 어디에나 존재하는 이사 이력입니다
동서남북 나눌 수 없는 단칸방이었지만
동쪽에 머리를 두는 꿈도 꾸었습니다

지금은 비도 오지 않습니다
바람대로 동쪽에 머리를 두고 잡니다
이 방 저 방 골라서 눕지만
쉽게 잠들지 못해 꿈도 못 꿉니다

비 오는 날 이사는 수많은 명제를 부수고 허무는 일입니다
이젠 시공간을 점유한 붙박이로 살고 싶습니다

비상구 혹은 그늘의 초상

컨트롤 에프 눌러 탐색기에서 주소 표시줄 목록 찾아 삭제하고 또 삭제하면서 지난날과 지난사람을 지워간다 그래도 지워지지 않는 게 있다면 그건 컴퓨터의 반칙이다 컴퓨터에도 부정부패가 나날이 많아지고 있는 걸 알기에 검은 마스크를 하고 바이러스와 게임하는 새로운 사람을 디스크에 저장한다 차곡차곡 쌓아 두었다가 원천징수하듯 언제 한꺼번에 꺼내 볼 요량이다 순간 컴퓨터는 물먹은 하마처럼 꾸룩 파찰음을 내며 로그아웃된다 백업을 안 해 놨는데 다시 지난사람, 지난날도 소환해야겠다 그렇게 함부로 지우면 안 되는 것들이었다

시월이어서

가을비 내리면
그대 산소라도 다녀와야 견딜 수 있는 날이 있다
저 길 끝으로 걸어가는 사람처럼
식탁에도 길이 있음을 알았을 때
빈 그릇에도 수저를 놓아야 했고
숨겨 두고 까맣게 잊어버리는 비상금처럼
기억의 위력 알았을 때도
젓가락을 놓아야 했다

저무는 것과 저물지 않는 빗속에
곤두박질하는 저녁
롯데리아 간판을 어둡게 하자 버거 세트가 얼굴을 찡그린다

시월은 그런 달인가 보다

김해경

(사)춘천민예총문학협회 회원, 빛글문학 동인, 시집『오후 네 시의 그라나다』

블루

가로등은 젖은 광장을 가둔다
발길 구르는 밤의 소리
울림은 우산 사이사이로 들어서고
엉킴은 가벼운 끄덕임의 목례가 있다
천문 시계탑을 둘러싼 서로는 시간을 채갈 듯 기다린다
시작과 끝이 같은 방향이라면
프라하 구시가지 광장에서
순간은 종소리에 감겨 공명한다
길어진 시간이 내 머리 위로 내려앉듯이
노천카페에서 누구의 선창인지 카운트다운이 시작되고
비는 조금 거세진다
우산 위로 떨어지는 빗물
광장은 더 선명해지고 사람들은 더 커졌다
타인처럼 군중 속으로 가까이 더 가까이 다가가면
가면처럼 멀어지는 사람
가로등 불빛의 쓸쓸한 아우라
우산을 떨어뜨린다
뒤집어진 우산이 행인의 발길에 차여 멀어지고
빗방울은 이제 내 가슴속으로 스며든다

공통분모

안녕하세요?
학교 가니?
네!
그래? 가방은? 맞다. 가방을 안 갖고 왔어요.
서로를 본다
16층에서 내려온 소년은 초등 3학년
나는 아무렇지 않게 대한다
학교 잘 다녀와라!
지하 2층에서 내렸다

하루를 보내고 집으로 돌아와 핸드백을 찾는다
이 방 저 방 주방 구석 옷장에 자동차를 뒤진다
어디 있지? 귀신이 곡을 한다고
눈에 들어오는 도시락 가방을 주시한다
짧은 기억은 회사로 달린다
빈자리
핸드백은 제자리에 있다
나의 힘은 도시락

장마

후두염이네요.
코로나인 거 같았어요.
후두염이 왜 걸리는 거죠?
면역력이 저하돼서 그런답니다.
힘든 일 하는 것도 없는데요, 너무 편해서 그런가?
내 몸이 기준치보다 과하다고 생각하는 거예요.

덥고 습하다.
습도 백 프로라는 신문 기사를 읽는다.
머리칼도 귀찮다.
바리캉으로 밀어버리고 싶다.
하지도 못할 거잖아?
그렇다는 거지.
머리핀을 수두룩 꼽는다.
조금 시원해졌어.

여름 한복판

언제까지 그 얘기를 들어야 하는데?
뜨겁고 습한 강바람이 얼굴을 스친다
끈적한 마찰
뺨에 붙은 머리카락을 떼며
맞은편을 외면한다
마르지 않는 깊은 말들이 줄을 타고 오른다
아픔이 아닌 거야 그건 지루한 말들이라고 심심한 거라고

언젠가 그런 말을 했었지
불덩이를 감추고
너 때문이라고 몰아붙였을 때
뜨거운 바람을 후려치듯 맞았어야 했어
더는 입 밖으로 나올 수 없도록
눈물의 찬가*를 불러야 했어

몸이 뒤죽박죽 떠듬거렸지
먼저 나온 말이 꼬리에 감겨 꼬였지
마음을 감춘 채 노 저어갈 때
모터보트의 물 폭풍에 눈을 감아 버렸어

구름 속 같은 안개가 수면을 덮었지
성난 팔월이었어
광대뼈가 일그러진 퀭한 얼굴이 강물에 떠 있었지

그런데,
그 얘기의 전말이란 게 대체 뭐지?

* 슈베르트

할슈타트에서 초록을 입다

그늘이 필요하지 않은 해의 길이를 따라 걷는다
찬란한 햇빛이 내리는 길
무거운 것은 의미
발등에서 가볍다
저편 설산 봄의 할슈타트에서
하얀 기쁨이 뒤엉킨 오름이 된다

무한한 초록
속 찬 가지의 뻗음으로
만년설이 흩어지는 물빛이 파랗다
호수에 반사된 산 아랫마을이
마을을 만든다

홀로 있어도
무리 지어 있어도
누구의 이름으로 불려도
너만의 이름으로 불려도
뒤에 뒤의 모습으로 선
그것은 오롯한 초록

해와 달이 빚은 빛, 입는다

김홍주

1985년 민중무크지 『새벽들』로 작품 발표 시작. 1989년 계간문예지 『시와 비평』으로 등단. (사)춘천민예총 초대 회장 역임. 현 (사)춘천민예총 회장. 한국작가회의 회원. 시집 『시인의 바늘』, 『어머니의 노래에는 도돌이표가 없다』, 『흙벽치기』, 『내 마음의 빗질』, 동시 서평집 『꿈꾸듯 동시에 꽃을 피워요』 등.

여자, 여자

잔잔한 물결 위 배 한 척
소소한 바람에도 흔들리다
점점 멀어져 가는 신기루

파도 고통 넘고
눈물로 노 저어
행성으로 유인하고

말없이 고개 숙이는
지워도 지울 수 없는
거울 속의 별

쌓아도 쌓이지 않고
보아도 보이지 않는

끝없이 무르익는
내 마음의 부초

남자, 남자

집 밖에서 서성이며
문 열릴 것을 꿈꾸지 마세요

문은 밖에서 여는 것

수많은 문 열고 닫으며
주술 외우듯
그대 만나고

한줄기 희망이라도 안길 수 있다면
초록 세상 펴 담아
보이지 않는 그곳까지
안겨 드리리

여전히 바람 불고
웅크린 시간 날린다 해도

어느 날
모두 사라진 벌판에

울타리 보듬고
숨겨진 한줌 흙에서
붉은 꽃 피우리

미네르바 부엉이

광풍에 낙화한 한 무더기 붉은 꽃들
터질 듯 피어나 온갖 시선 한 몸에 담던 날
꽃향기에 취해 날 잃고
널 버리고

돌아갈 길 잃은 부엉이 한 마리
눈을 끔벅이며 바라보아도
방향 잃고
오늘을 기약했을까

밤은 아직 멀고
지평선 아득한 모래밭에 앉아 샘물 찾는

우화의 그늘에서
가야 할 길은 아득한데
미로에서 길 찾는

정오의 햇살 아래 서서
황혼 녘 기다리는 마른 발톱의

미네르바 부엉이

육십 즈음에

육십갑자 한 바퀴 돌아
새롭게 시작하는 후반전
일기장을 삽니다

내 안에 서걱이던 우울과 이별하고
매일 익어가려는 자신 위로하며
휘갈겨 쓴 이름 지우고
정성껏 씁니다

살아온 시간보다 짧은
남아 있는 삶에게 인사 건네고
뒷짐 지고 걷는 모습은
느린 걸음 아버지 뒷모습입니다

기타를 닦고
튕겨보는 Am C F G 소리에
움찔하는 마음

낭만으로 시작했던 삶은

초반전 절망으로 밀려나
중반 힘겹게 버텨 온 나날들

낭만이 밥 아니고
몸부림쳐도 절대 무너지지 않는 거대한 벽
흙수저는 흙수저로 밥 먹을 때
가장 행복하다 눈치챈 날

어제 일 까마득하고
친구 이름 서서히 잊힐 때
안경 썼다 벗었다 하며 고지서 읽을 때
친구 부고장 받을 때

겨울이 가고 봄이 오는 것이 예사롭지 않고
낙화가 한없이 서러울 때
꽃을 보며 눈물 저밀 때

내 이야기에도 마침표가 있음을 깨닫습니다

나는 몰라요

숨 가빠 돌아가는 피대 회전축 앞에서
웃고 있는

자욱한 먼지 속
여차하면 손가락 잘릴 수 있는 상황

시커먼 자전과 공전 사이에서
번갈아 흰자위 희멀겋게 번떡이며 긴 숨 몰아쉬는

구석진 틈에서 혼자 도시락 까먹으며
콧노래 부르는

어깨 늘어진 수건
휘감길 것 같은 불안 즐기는 듯

탁탁 워커 먼지 털며
웃는

벽시계 흘끗 보더니

겹겹 낀 빨간 목장갑 벗으며
전화 거는

짧은 대답에도 웃고
붉은 장미 한 송이 사는

내가 절대 모르는
그 남자

먹빛 바랜 추억

내 기억은 팔십년 오월에서 멈춤.
이전 기억은 다 잘려 나갔지

한남동 네거리 시위 현장에서 잡혀
어디로 끌려 갔는지
어떻게 맞았는지
어디에 버려졌는지

촉수 잘려 방향 잃고
시야 단절로 집 찾지 못하고
시신경 막혀 들어도 듣지 못하고
보아도 보지 못하는
이명으로 누군가 자꾸 날 부르는

함몰된 내 두개골은
플라스틱으로 밀봉하고
아무 일도 없었던 듯

훗날, 20세기 유인원들은

DNA 변종 새 학설을 발표하고

'민주혁명 반향으로 구성된 새로운 인체의 변이현상'으로 박사학위를 받겠지

신문에 대서특필되겠지

유정란

(사)춘천민예총문학협회 회원.

마네키네코

오른발에 들고 있는 초복 글자를 무심히 바라보면 갸릉 당신은 여기에 있습니다 밀랍의 말들이 쏟아진다 구름 사이 머물던 눈동자를 햇살로 조이는 건 고양이의 주술일까 우리의 기복으로 전능하신 신은 안전합니다 나는 과거로부터 흐르는 불안의 파동을 묻지 않겠습니다 다섯 손가락을 바닥에 튕기면 약지는 반지로 인해 전력투구는 못 하지요 내게 앞발을 흔드는 사기인형과 나 사이에 되풀이하는 모의가 있다 사방으로 햇살과 그늘의 조각이 맞춰지면 지상은 잠시 스탠드글라스 빛자국 사라지려 어깻죽지를 벗어난 손을 땅에 꽂는다

청평사 상사뱀

여기 환희령 고개 당신이 없는
당신 옷깃에 숨어 천리만리 오던 길
깃털처럼 아득하여 아득하여… 몸 안이었네
지금 저 길의 무수한 염주알 발자국들
한 방향으로 그림자만 왔다 가는… 몸 밖이었네
공주여 다음 생은 성불하지 마소서

너울성

엄마, 지금 교실 나와서 학원 가려고요, 근데요 어제 우리 담탱이 죽었대요 비품실에 경찰이 노란색 테이프를 쳤어요 비품실은 우리가 봐서는 안 되는 묘혈이래요 내가 샘 머리통에다 던진 고데기도 부장품이 될 거래요 엄마마마, 쪼오기, 재활용장에 내가 쓴 반성문, 그니까, 엄마가 갈기갈기 찢어 샘 얼굴에 확 던져버린, 종이쪼가리들이 바람에 날리니까 고양이가 할퀴고 놀고 있어요 귀여워 죽겠어요

왜 그랬다니, 웃긴다 진짜 정말 죽었을까, 관 뚜껑을 열어봐야겠어, 얘야, 믿지 마라 속지 마라 어디 바람결에 숨었겠지, 어느 산골 분교 쥐새끼처럼 살아있겠지 속지 마라 우린 아냐, 주유소 바람인형처럼 네네 오뚝이처럼 네네, 흔들려서 좋았는데, 파도에 쓸려 와 발바닥에 달라붙는 모래마냥 다섯 발가락 사이로 입질이 근질근질하였지만 우린 아냐 아무래도 꺼내 봐야겠어 굴뚝새처럼 작은 심장 말야

계단

낮에 계단은 숲으로 향하고
밤의 계단은 핼쑥한 이의 눈동자

오르지 못하는 내려가지 않고 서성이는
발소리들이 계단참에 그렁그렁하다

먼 곳의 불빛들이 안으로 빛을 보내오지만
스며들지 않는다 허사가 많은 위로처럼

계단참에 널브러진 신문지 사이로 숲에서 썩어가는 연어 사이로
엘리베이터 통로 사이로 계단에서 누군가 말을 거는 적막 사이로

발소리가 희미한 당신을 위해 달빛은 귀를 아래로 늘어뜨린다
문에 다다르기 위해 무릎이 비거덕거리도록 울고 있는 그림자

올라가는 사람은 다시 내려온다
아직 내려오지 못한 한 사람

지문地文

수익 적자에 원장은 이제 초등도 등록을 받는다고 말귀 못 알아듣는 열댓 명의 금쪽이들과 수업을 하느니 차라리 말귀 알아듣는 고딩이 수익 면에서 더 좋은데 머릿속 계산기를 누르다 채점을 하지만 지문 읽기도 귀찮다 아이의 초등 국어문제집에 붉은 빗금을 치며, 내용을 꼼꼼하게 읽어야지 아버지가 우주로 갔다고? 왜 문제에 장난질이야 공부하기 싫어? 아이는 언제나처럼 묵묵부답 작년에 아버지 장례 치르고 베트남 엄마하고만 살아 문제보다 칼과 외계인 낙서에만 집중한다 자리로 돌아가는 아이의 등짝에 아이들의 빗살 같은 눈동자도 따라간다 책상 위 답지를 펼치니 '아버지는 우주로 갔다고 생각했다' 교실 창밖 싸리나무에 햇살 겹겹 들어앉아 실가지에도 환하게 피지 않은 꽃이 없었는데 나의 발밑은 언제나 말라 죽은 화분이었다

유태안

(사)강원민예총문학협회장, (사)춘천민예총문학협회 회원, 2009년 강원일보 신춘문예 시 당선. 시집 『은유로 나는 고추잠자리』, 『아이러니 염소』, 『말의 사다리 오르기』. 2019년 『아이러니 염소』 세종도서 문학나눔 선정.

몽타주
— 市에서 詩까지 걸어가기

市에서 詩 아닌 것의 구분까지 걸어가려면 어디쯤에서 음주 하차下車를 해야 할까 일과日課 끝 기다림 많은 사람들 포차엔 살을 다 발라 먹고 쌓아 둔 골탑骨塔, 뿌연 김처럼 서성이는 시간 속에서 연신 유리창이 눈물을 보였다 취한다는 것과 잊는다는 것이 분리되지 않은 채 목으로 넘겨지고 텅 빈 소주병처럼 관심 밖으로 가 줄을 서는 내일 우린 입안을 불 질러 버린 것처럼 맵고 싱거운 아무 말이나 섞어 씹고 시시덕거리며 닭발 뼈를 뱉어 골탑을 쌓았다 우리가 쌓아 올린 아무것도 아닌 탑들을 또 포차에 남겨 두고 나와 시도 정의도 아닌 매운 닭발 맛을 평하며 찬바람이 이끄는 대로 걸었다 말이 꼬여 다리가 휘청거렸다 생물 교실 실린더 속 닭 표본처럼 내장마다 꼬리표가 붙어 시험에 오르던 詩를 배우고 용케도 시인이 되었는데 이빨 사이에 낀 콩나물 같은 말 이젠 유튜브 보지 누가 시집을 읽나 철길 옆 참새 아지트 숲 지나 붕어빵 파는 노인에게서 거슬러 받은 농담 챙겨 집으로 가는 길 市에서 詩까지 걸어가는 길

몽타주
— 꽃병이 있던 자리

말이 빛났다 팍, 떨어지는 순간 파열음은 유리 파편처럼 연약한 가슴을 찢고 들어가 목 부러진 꽃들을 옮겨 놓는다 소리가 닿은 순간 겨울로 바뀌는 공간 변화 달궈진 금속판을 만진 듯 아린 이별이 날아들고 먼 데까지 튀어간 관계 회복 불가의 유리 파편 받아들이기까지 꽃병이 있던 자리는 깨지지 않았다 고스란히 꽃을 꽂은 채 있으려고 애쓰는 중이다 준비되지 않은 이별이 그렇게 찾아올 수 있다는 걸 왜 몰랐을까 꽃병이 안고 있던 물 꽃병에 의지하던 꽃들 거기 머물렀던 환희가 한순간 어긋났을 때 꽃병을 대신할 유리컵 같은, 말이 빛났다 추억을 심어 놓은 무덤가 철쭉처럼 그렇게 상처로 가꾼 꽃들의 詩처럼 아직 진행형인 삶에 꽃병이 있던

누군가 아름답게 살다간 자리

몽타주
— 사이렌*

귀를 막고 들어라 눈을 감고 보아라 반인반수半人半獸 사이렌의 아름다운 노래를 들으려면 도망쳐라

편견과 통념의 유혹을 벗어던지고 알몸이 돼라 하늘이 내려오는 호수에 안개가 덮이거든 난파된 뱃사람들의 뱃노래가 들리거든

안개를 헤치고 노를 저어라 위험한 언덕을 향해 즐거이 가라 진실은 거기에 있다 태초 어둠의 바닥에 닿는 두려움이 죽음이다

사람과 새들이 하나로 살고 있는 마을 마음으로 열고 들어가라

사이렌의 노래를 듣고 싶은 유혹에서 도망쳐라 내 귀에 끝없이 소리치는 유혹에서 도망쳐라

* 그리스 신화에 나오는 마녀의 이름. 신체의 반은 새이고 반은 사람인 사이렌은 아름다운 노랫소리로 뱃사람들을 유혹하여 난파시켰다고 한다. 현대에선 일정한 음높이의 소리로 위험을 알려주는 경보장치의 의미.

몽타주
— 모임

극단적 선택이라는 표제標題 먹고 버린 소화제 병甁 발견되는 바닷가 기억할 필요까지는 없는, 그냥 사건, 무언가 앞으로 휙 새인지 그림자인지 굳이 기억하려는 돋보기 안경 지나간 실금 어디까지 갔었지 속촌가 동행가 기다리지 않아도 오는 수다 모래밭 걸터앉은 바위 모르는 새 옆에 와 있는 여자 모르는 새 철썩 아무 일 없이 돌아가는 파도 짧은 기다림 발모제 바른 대머리 김 씨의 몇 올 남은 자존심 바람에 날려가고 소주나 같이 한잔하자는 위로慰勞가 스티로폼처럼 떠도는, 그립던 해풍과 파도의 민낯처럼 줄 끊어진 샌들 간섭에서 떨어져 술 냄새 풀어놓고 돌고 돌다 또 그 자리 즉석복권 찢어 나눠 갖는

몽타주
— 겨울 아침 선물

성에 낀 유리창에 입김 불어 창밖 풍경 본 구멍 다시 하얀 풀숲으로 닫혀버린 국문과 강의실

눈서리꽃 반짝이는 한 그루 추억에서 아침 햇살 걸려온 전화

이소원

(사)춘천민예총문학협회 회원.

할머니 무덤

듬성듬성 빠진 머리숱을
꾹꾹 눌러 밟았다.
생전 색 바랜 머리칼 말고
올여름엔 무성하게 자라라고.

유독 장마가 길다는데
잔디 사이 숨결이 그리워
빗질을 시작한다.
마침내 쏟아지는 빗방울,
사무치는 아우성.

당신, 아프다는 말이
조용히 타오른 손끝에
울컥 울컥 젖은 흙을 움켜쥔다.

수호*

어떤 그릇에 널 품을 수 있을까
새로운 세상을 여는 새벽 밤
여린 생명을 어루만진다.
작은 손끝에 담긴 빛이,
내쉬는 얕은 숨결이,
방 안을 온기로 채우고
혈관으로 퍼져 나간다.
온몸으로 전하는 완벽한 지지.
아, 네가 내 세상이구나.

* 아들 이름

덤덤

그릇에 거품을 내고 달그락 소리를 낸다.
행주로 음식물을 훔치고
깨끗이 빨아 또 식탁을 닦는다.
이마에 맺힌 땀이 주륵 흘러내리는데
얕은 숨과 함께 소매 끝에 훔쳐낸다.
덤덤하게 돌아서 나한테 온다.
무거우니 애는 주고 가서 쉬라면서,
여름 감기가 더 무섭다면서,
다 큰 딸 아직도 어쩌지를 못 해서.
평생 온갖 화살을 받고도
그저 덤덤하게 덤덤하게 보듬기만.
여름 햇살에 눈이 따갑다.

이정훈

(사)춘천민예총문학협회 회원. 시집 『다정했던 들판에 빈집이 묻혀 있네』

겨울이야기

겨울밤은
소복이 쌓인 눈을 등허리로 끼얹으며
별빛들을 촘촘히 닦아주고 있었다

복실이가 한꺼번에 열 마리를 세상에 내려주고 떠나간 밤에
하늘은 함박눈도 그렇게 내려주었고
작은할아버지를 데려갔다
눈 덮인 산에서는 아침에 잡은 돼지의 얼굴에 돈을 박아넣고 절을 했다

벌목장 산판에서 날 낳던 어머니는 얼마나 무서웠을까
탯줄 하나를 간신히 잡고 있던 나는
그 두려움을 고스란히 물려받았는지도 모른다
온갖 잡귀들이 서방 없는 집을 싸고돌 때쯤
아버지가 가슴에 커다란 상처 하나를 안고 돌아왔다

뒷동산은 물이 차올라 섬이 되었고
내가 아기를 낳고 그가 아들을 낳는 동안

세상은 바뀌고 덧없이 변해갔다

아득히 눈이 내리고
나는 아궁이에 넣어 놓은 감자를 뒤집는다

제상 위에는 산판의 눈만큼 수북한 아버지의 밥이 있을 것이다
볏짚 타는 연기가 눈을 피해 오르는 사이
하늘거리는 아궁이에 하얀 송이들이 내려앉는다

평화의 사절

누가
테러리스트를
타고났는가

양보는 굴욕
평화는 패배라고
이를 수 없는 고요의 선線은

달을 베개 삼아 자는
팔다리 없는 아이 오백 명을 바쳐야

말하기 어지러운 일기를 쓴다
굳이 알 필요 없다

나는 단지
어둠 속에서 상대를 읽는다
뇌관을 왼손에 쥐고
포탄에 실려 날아간다

죽음은 천상의 휴식이려니

먼 나라에서 소환되는 전쟁 이야기
잔혹한 동화 같은 복수

내가 실수하면
그는 핀을 뽑고
오른손은 나를 당긴다
낮과 밤을
산산이 가르는 운명

그 불구덩이 속의 평화

함께 가는 길
천국인지
지옥인지

우리에겐 남아 있는 시간이 없어요

그러니까 우리
두 배 빠른 속도로 사귀기로 해요

손잡는 건 나중에
입술부터 인사해요
시간이 없어요

왼 다리가 하는 것은 오른 다리가 모르게
가운데는요
그건 적당히 밀고 당기세요

아낌없이 주면 허무를 덮을 수 있다던데

알 수 없어요
얼굴 없이 다니는 소문은 믿을 수가 없어요

지금 뭐가 남았나요

나의 온 나를 받아주세요

나의 온 마음이 당신을 향해 이렇게 섰습니다

아리랑 아리랑 아라리요 아리랑 고개를 넘어가네 나를 두고 가시는 님은 십리도 못 가서 발병이 난다

이제 어디로 가는 건가요

강물 밑에 아랫물이 흐르듯
우린 서로 밀고 당기며 함께 커진 시간이었어요

내 물이 당신과 섞이어
바다에서 하늘로 오르면
그제야 알 수 있을 거예요

구름이 얼마나 사랑스럽게 모여드는지
그리고 쓸쓸해지는지

마지막을 기억해요
내 손을 잡고 비가 되어 날아 봐요

나랑 같이 날아가요

종이의 집

서울과 춘천 사이는 너무 넓다
싸게 살고 싶은 집
많이 받고 싶은 집
부동산의 집은 가슴이 어지럽다

가까이 있어 하찮고
멀리 있어 부럽다

언제쯤 내 맘대로
비슷하게 팔고
비슷하게 살까

도깨비 같은 부동산의 집
등본의 집
종이의 집

입김

좋아하는 여자애의 입김이 가까이 지나갔다

미지근한 습기에 호흡이 리듬을 잃고
가까운 체온에서는 한숨이 새어 나온다

봄비는 가뭄 끝인지 비릿한 흙냄새가 난다
초침이 똑똑 떨어진다
내 안의 것이 깨어지며 조용한 비명을 지른다
먼 데서도 맡을 수 있는 숨결에는 불온함이 얹혀 있다

그러나 되돌아갈 수 없는 시간
분침은 제자리를 돌면서 뭉개지고
시침은 날마다 같은 자리를 지나고 있다

젖은 꽃잎은 날지 못할 것이다
계절은 바람 속으로 사라지고 언젠가 지구 반대편에서
나타날 것이다

비는 어느샌가 홀쭉해졌다

참새가 뛰어오른 하늘에는 구름이 기침처럼 떠 있다

그 아이는 잘 자라고 있는지
미루나무처럼 커버린 지금은 다른 냄새가 날 것이다

나는 어딘가에 추억처럼 녹슬어 가고 있을
슬픈 찬사를 찾아
오지도 않는 새벽을
이리저리 뒤적이고 있다

장은숙

(사)춘천민예총문학협회 회원. 강원작가회의 회원. 시집 『그 여자네 국숫집』

능소화 피어나는 집

마음은 늘 담장 넘어 꽃을 피우네

가문비나무

붉은 달이 천왕성을 가릴 때
다시 보자 약속하고
나무비녀 깎아 머리에 찔러주고 떠난
사내가 있었다

마애리 나루터 주막에서
허드렛일을 할 적이다

아비의 노름빚에 묶여
그 사내 따라 야반도주 못한 것이
전생에 한이었다

다시 만나면
매일 곳 없는 바람처럼 오일장 떠돌며
그 사내 배운 짓이 도둑질이라고
나무비녀 깎아 팔아온 돈으로

흥청망청 사랑이나 하며
한 생을 탕진해도 좋겠네

대필

봄에 초고를 잡고
여름내 호두알처럼 굴리던 시를
가을에서야 겨우 끝을 맞춰
겨우내 다시 펼쳐놓고

영글지 않은 문장을 조탁하느라
콩알처럼 말라간다

들고 있던 시 바가지 마당에 쏟아버리고

어느 봄날 마루에 엎드려
외할머니가 군대 간 막내 삼촌에게 보내는
편지를 받아 쓴 것처럼 바람이 세상 오가며
설렁설렁 불러주는 대로 받아 적기로 한다

받침 하나 빼먹고
가는 길에 빗물이 지운 글자도
삼촌은 다 알아듣고

외할머니네 집 화단에 목단 같은
눈물꽃 핀 답장을 보내왔다

소양1교

아랫목처럼 식어가는 술자리를
후두둑 털고 일어나는 녹우선생님
방향이 같아 차를 얻어 탔는데

통금 마지노선이 열두 시라고 해서
호박마차 몰고 가는 거냐고
썰렁한 농을 던졌더니

부모님 방에 연탄불 갈 시간이라고

마침 전쟁통에 총탄 맞은 자리가
곰보자국처럼 파인 늙은 다리를 지나는데

아버지 무릎뼈 닳는 소리 같기도 하고
어머니 틀니 부딪히는 소리 같기도 한 것이
수심 깊은 곳에서 울렸다

아픈 다리를 주무르며 흘러가는
밤강물 소리려니 했다

꽃샘추위

먹고 자고 싸는 것밖에 없는 늦둥이 동생

잘 익은 황금똥 한 무더기에도

우쭈쭈 우리 똥강아지
우쭈쭈 우리 똥강아지

집 대들보까지 들썩이는데

식은 밥처럼 밀쳐진 여덟 살 뚱이
새알심 같은 눈물 떨구며

엄마는 똥개에요?

●

●

이르게 핀 마당에 박태기꽃이
까르르 쏟아진다

장카타리나 보살

마른 땅콩을 까네

손가락에 물집 잡히는 고행 속에
술잔처럼 나를 비우고
정신을 온전히 땅콩 쪽으로 쏟으니

내가 땅콩인지 땅콩이 나인지

어느새 땅콩은 없고
껍데기와 알맹이만 업보처럼 쌓였네

나는,

껍데기일까?
알맹이일까?

껍데기에 갇혀
알맹이를 파먹는 바구미네

이번 생은 망한 것인가

아니라 하네 아니라 하네

껍데기도 알맹이도 다 털어버리고
자꾸 어디론가 떠나라 하네

나도 없고 너도 없고
땅콩도 없는 그곳으로 건너가라 하네

아제아제바라아제바라승하제모지사바하 아멘!

제갈양

(사)춘천문학협회 회원. (사)우리詩 진흥회 회원.

노모의 점방

연탄불 갈아 넣고 돌아앉으니
어느새 하얀 졸음 쏟아붓는다

잠깐 졸음에 든 늙은 어머니는
하얀 꿈속 자식들 불러 모으시겠지
연탄집게 지팡이를 삼아
등 굽은 옛 뒤안길 돌아다니시겠지

연탄재 위로 함박눈 수북이 쌓이듯
잦아드는 온기에 금세 녹아내리듯

하얗게 흐려지는 기억 안으로
폭설처럼 내리붓는 "내 새끼들!"

오! 눈 한 번 씨게 내린다
오늘 점방은 이만 파이다!

열무가 절여지는 동안

열무 두 단 다듬어 한소끔 절여 놓고
어머니의 손길이 느긋이 길을 틉니다

육쪽마늘 대여섯 통 쪼개 놓으니
쪼글쪼글 접힌 주름이 환히 펴집니다
한 톨 한 톨 곱게 까서 다집니다
한 날 한 날 곱게 다진 길입니다

텃밭의 쪽진 파 몇 뿌리 캐어
조물조물 헹궈 가지런히 썰어 놓고
주름 자잘한 냄비에 보리밥 한 덩이 넣어
노 젓듯 은근하게 저어 갑니다
자잘한 한 생애를 저어 갑니다

열무가 차츰 숨이 죽는 동안
어머니의 숨결도 나지막이 흐르고
몸짓도 발걸음도 나긋해지는데
먼 데 풋사과로 매달려 있을 자식들
머문 눈길마다 주렁주렁 맺힙니다

식힌 풀죽에 젓갈 풀어 간을 맞추고
세월이 진하게 밴 양념을 부어 휘젓습니다
열무가 다 절여지는 순간을 기다리며
어머니의 가느다란 콧노래도
느린 오후의 한때를 버무리는 중입니다

외딴 포구

찾아드는 배 한 척 없는 포구는
오늘도 별들을 품 안 가득 담습니다
잔잔히 출렁이는 물결 아래로
별들은 깊이 가라앉은 채
줄곧 내려오는 별빛을 껴안습니다
포구는 별들의 통신을 읽을 줄 알기에
흐뭇이 미소만 짓습니다

아주 드물게 작은 배들이 찾아듭니다
헐벗고 상흔 가득한 저 배는
어떤 행로를 지나왔을지요
무슨 일로 여간해선 찾는 이 없는
이 외진 곳까지 흘러들었을지요
포구는 낡고 헤진 영혼을
애틋하게 어루만져 주었습니다

곤한 것들이 별빛과 함께 잠을 청합니다
아린 상처로 쉬이 들지 못하는 꿈결
포구의 자장가가 뱃머리에 부딪칩니다

쓸쓸한 것이 외로운 것을 껴안는 밤입니다

폭염

그 여름은 심해의 바닥처럼 가라앉았다
폭풍에 밀려든 폐선이 된 우리는
정박할 곳 없이 휘청거리며 떠돌았다

부유조차 검불처럼 타들어가는
언제 끝날지 모르는 난민의 날들이
눈길 끝 간 곳마다 널브러졌다

그것은 바로 지금!
저항할 수 없이 얼어붙는 어둠이었다

꽃물

그저 살짝 눈길이 닿았을 뿐인데
손톱 깊숙이 꽃물이 들 때 있지요

우연이란 애초 있을 리가 없어요
인연이란 무르익어야 배어들지요

그대 흰 손가락 위 머문 바람에
먼 별들 몇, 얼굴 붉히며 반짝였지요

명주실로 비끄러맨 그대 생채기
매만질수록 깊어지는 꽃물이에요

조현정

(사)강원민예총문학협회·춘천민예총문학협회 회장 역임. 춘천민예총문학협회 회원. 강원작가회의 회원. 2021년 강원문화예술상 수상. 시집 『별다방 미쓰리』, 『그대, 느린 눈으로 오시네』. 김유정문학촌 제2회 실레작가상 수상.

봄, 동백을 보다
— 청산도에서

꽃 한 송이 툭 떨구자
핏방울이 사방으로 튀었다

가슴이 쿵 내려앉았다
목 꺾어 지는 꽃들이라니

사랑은 식은 촛농 같아서
불을 붙이면 다시 녹아내리는
철딱서니 같아서

사랑을 잃고 산다는 건
심지를 다시 돋우는 일과 같아서

봄날 저녁이면 언제나
새로 불을 붙이곤 했는데

선혈 낭자하게 지는 너를 보기 전까지
나는 네가 동백인 줄 몰랐다

봄, 그 섬

— 제주 4·3평화공원에서

어떤 고요 앞에선
차마 발을 뗄 수 없지

할 수 있다면
도려내고 싶은 나의 역사가 있듯
도려내지 못하면 가리기라도 해야겠어서
꽃을 마음에다 무더기로 심었지

꽃이 꽃으로 이어지는 섬
꽃 지기 무섭게 다시 피어나는 섬

동네 모든 집이 제삿날이라지
그 헛웃음 뒤의 잔상을 보았네

우리가 숨바꼭질하며 노는 동안
이야기는 각색되고
망자들은 눈을 감지 못했네

콘크리트 빛 날씨를 걸으며

그래도 우리가 웃을 수 있던 건
꽃 무더기 때문만은 아닐 테지

내륙엔 없는 물고기가 살고
매일 낯선 달이 부풀어 오르고
만져본 적 없는 바람이 이는
거기, 그 섬

돌아온 승탑
— 법천사지 유적전시관에서

지광국사탑을 바닥에 내려놓았다
상한 곳을 복원하느라 비슷한 돌을 붙여 놓았다

다른 시대의 다른 전쟁

전쟁의 포화에 잘려 나간 귀퉁이
반짝이는 새 화강암으로 덧대 놓았다

알 수 없는 생각
말의 융단 폭격에 으스러진 마음을 꼭 복원해야 할 이유
잘려 나간 마음을 덧대야 하는 이유

귀에 와닿는 음성은 분명 너인데
아직 아물지 않았다는 걸
앞으로도 그럴 생각이 없다는 걸 알았다

너도 알다시피
메운 틈새의 틈으로 훔쳐 달아난 세월은 복원할 수 없다

사리를 잃어버리고 돌아온 승탑 앞에
빈손을 모으고 눈을 감아도
우리가 모른 척하던 파란은 끝끝내 잠들지 않는다

시라는 모종의 잔해 5

당신 머리 위로 가끔씩 별들이 깜빡이며 지나갔다 어둠 속으로 가뭇없이 숨는 별들이 생겨나기도 했다

그건 자신의 항적을 감추려는 것들의 계략일지 몰라 설익은 과일과 달뜬 벌레와 독 오른 풀들이 폭발하는, 여름이라는 계절을 서둘러 지나가는 중이었으므로 우리는 가을에서 봄으로 가는 길목에서만 서로를 볼 수 있었다 봄이면 어김없이 벚꽃 연금을 받는다는 가수의 노래가 들리는 것처럼 아무리 들어도 아무리 들여다보아도 질리지 않는 서로라면 얼마나 좋을까 생각하던, 다홍빛 가을이었다 젊은 날을 위장하던 낭만 같은 건 없어진 지 오래 불편한 로맨스를 위해 우리는 이제 남은 시간을 광고해야겠지 원숙한 자들의 인생 여정이 완전한 빈탕일 때도 많던데 나만 그런가 싶은 흔한 동네 포차의 대기 줄이 길어지는 동안 사진이나 한 장 찍고 돌아가자며 옷자락을 잡아끄는 당신을 거역하지 않게 되기까지, 얼마나 많은 입안의 말들을 죽여야 했는지 당신은 알 리 없다 빨리 사랑하고 빨리 질려버리는 당신 미소를 보겠다고 참아낸 이별 그 곁에서 오래도록, 더불어 잘 지내 온 '시' 자 앞에서 나는 언

제나 주눅이 좀 들곤 했는데

죽은 낭만의 밤바다 위를 실어증 앓는 케이블카가 유유히 가로질러 날아갔다 그건 연금을 기다리며 깜깜하게 죽어가는 말들의 느릿한 반성이기도 했다

시라는 모종의 잔해 6

잘 웃었으니까. 워낙 웃음이 많던 시절이었으니까. 찢어진 우산을 함께 쓰고 달리다가도 깔깔거리던, 웃음이 저절로 빛나 보이던 시절이 있었으니까. 그것만으로 오래도록 함께 지낼 수 있을 것 같았으니까. 누군가 우리의 미래를 점쳐주었다면 그리 웃진 않았을 것을. 원시 부족의 오래 묵은 관습처럼 마음에 비를 쫄딱 맞으면서도 깔깔거리기만 하던 빗속, 이제는 누군가 자리에서 일어나, 모두에게 또박또박 말해 줬으면. 웃을 일만 기다리는 걸 그만두어야 할 때가 바로 지금이라는 것을. 그럼 좀 나아질까. 잘 우는 법을 잊은 우리는 웃음을 멈출 수 있을까. 평온한 침묵을 다시 시작할 수 있을까. 당신과 우리가 마음 다치지 않고 함께 우는 법을 배울 수 있을까. 그러면 당신이, 당신의 과수원에서 과일이 들지 않은 빈 봉지들을 수없이 뜯어내곤 아무 일도 없는 저녁처럼 집으로 돌아올 수 있을까. 우리 최악이라는 말은 쓰지 말자. 해마다 최악의 기록을 경신하는 최악이라니. 그런 말은 하지 말자. 그렇게 끝나는 세상은 없을 테니까.

언제부터인가 웃음도 울음도 한꺼번에 잃어버린 당신

에게 술 한 잔 사주고 싶은 저녁, 비가 여러 날을 이어 내리고 있다.

최관용

1991년 『작가세계』 시로 등단. (사)춘천민예총문학협회 회원. 시집 『아빠는 밥빠 그래서 나빠』.

변기

평퍼짐한 엉덩이에 입이 있고
터널처럼 얼굴에 항문이
휑하니 열려 있는
중년의 여자가
거꾸로 박혀서
밑이 다 보이도록
학문을 닦고 있다.

눈물

눈 속에서
눈사람이 녹으면
눈물이 된다는 것을
아이스크림처럼
달콤한 사람은
눈에 가詩로 박혀도
아프지도 않을
눈 속의 사람
그 들보 태풍의 눈으로 박고
사납게 사납게 노래해도
기찻길 옆 오막살이
아기 아기처럼
쌔근쌔근 잠자는 자장가.
혼자 버려두면
무서울까 봐 외로울까 봐
아니 추울까 봐 안으면
활활 타오르다
녹아서 주르륵
물이 되어 흐르다가

어깨 들썩이며 흐느끼다가
하염없이 비 내리는
내 눈 속에서
우산도 없이 떠난
그 사람 되었다가
해마다 봄 되면
눈꽃으로 다詩 피어
글썽이는 눈물 되었다가
꽃잎으로 뚝뚝 떨어져
강물도 울게 하는 것을.

들깨를 심으며

흙이라고는
눈을 씻고 봐도 없는
모래밭도 아니고
돌밭에 어머니가
들깻모 한 움큼 움켜쥐고
꽂으신다. 그런 열악한
환경에서 기적처럼 살아서
일어서는 들깨도 들깨이지만
술 취한 아버지에게 맞아
세 번이나 기절하여
돌아가셨다고 목 놓아 울던
자식들을 앞에 놓고
그때마다 왜 우니? 하며
일어나신 어머니도
어머니이시지만
땅 한 뙈기라도 버릴 수 없어
포기하지 않고 돌밭에
들깻모를 심으시는 당신이
아들의 눈에는 더

경이롭고 더 더욱
신기할 뿐이다.

비문

비수로 그으며
수직의 비석 위에 쓴
비의 문장들은
비문이다. 자조가 섞인
웃음 아닌 비애로 쓴
비밀의 서체.
금석학의 대가라도
그 수수께끼
풀어내지 못한다.
돌에 새긴
단단한 문장마저
지우는 빗줄기의
비통한 전언. 자주
희비 엇갈라며 내리는
빗살무늬의 저 변주.
해독해 낸 이가
아직 없다.

새

詩커먼 털로 뒤덮힌
무골의 사詩미.
야하고 보드라운
보드리야르한 살코기.
해진 걸레 되도록
수없는 무두질로
무디고 늘어진
詩니칼에는
칼국수처럼 칼칼하고
뜨거워서 詩원한
칼있수마가
없다. 가詩가 돋은
까칠까칠한
용법의 손잡이만 있고
갑 속에서 나왔어도
호박 한 번 찔러 볼
詩부랄의 우렁찬
거詩기가.

탁운우

2012년 『시현실』로 등단. 2011년 『스토리문학』 신인상. (사)춘천민예총문학협회 회장 역임. 빛글문학 동인. 강원이주여성상담소장. 시집 『혜화동 5번지』.

모종의 배후

출근길
손목이 부러져 깁스를 했다
눈 감고도 다니던 길이었는데
지난밤 살짝 눈이 내렸다는 것을 잊었다

간과한다는 것이 이런 것인가
감춘 배후를 짐작조차 못하는 것

믿었던 동향인에게 뒤통수를 맞고 가족을 한데로 내몰았던 아버지
그해 내내 부재중인 아버지 대신
나팔꽃이 올라가던 마당에 진을 치고 누웠던 사람들

배신은 아버지 인생에 각주였을까

결국
가장 매끈거리던 다정함에서
덮쳐오던 모의를 비킬 수 없어
나도 오늘 그 배후의 어디쯤을 밟은 것일까

나의 오마주

더 이상 내 인생에 양보란 말은 없다는 당신과
외계로부터 가져온 나의 눈물이
부풀어 터질 듯 목소리를 키우는 날
당신은 나의 눈물에 메스를 대고 피를 받습니다
당신의 메스가 먼 나의 혈족을 공격한대도
뭐 괜찮습니다.
아직 죽지는 않았으니까

지금 그곳에 살았다면
뒷골목 어디쯤에 처박혀
누구도 모르게 죽어가고 있을지도 모르니까요

당신의 머리가 태어난 곳은 어디입니까
나는 메콩강 하류 먼 곳에서 왔습니다
이곳과 그곳은 너무 멀어서
당신과 나 사이에는 길이 없습니까

반 뼘만큼 가깝다는 생각으로 이 땅에 왔습니다

오늘도
당신 가까이에서 소리를 내고 싶어
부풀어 오른 양 볼 가득 바람을 넣습니다

여름 저녁

당신은 예초기 날을 바꿔가며 풀을 벤다
억새를 자를 때와 토끼풀을 자를 때 흰 꽃 수북한 망초를 자를 때

자세를 바꾸며 각각 날을 바꾼다

왼쪽을 향하거나 오른쪽을 향할 때 무수히 쌓이는 다른 쪽의 비명
왼쪽을 보면 오른쪽이 없고 오른쪽을 보면 왼쪽이 없어

아무리 걸어도 손끝 하나 닿을 수 없어

앞에 놓인 타로 카드를 골라 수행할 미션을 받는다

마당 가득 용병처럼 흩어지는 초록색 풀잎들

날씨에 꼭 맞는 아이템을 고르고 전력을 다해 슬기를 발휘하고
무해한 전투를 실현하라고

당신의 어제는 제 몫에 맞는 날을 고르지 못한 거라고

흰 종이처럼 눈물이 떨어져 뒹굴던 저녁

여름 낚시터

그가 떠난다는 날 아침. 폭우가 스쳐간 여름 낚시터를 찾았다. 미처 벗지 못한 샌들 사이로 강물이 다가와 숨을 쉰다. 파꽃 같은 칠순의 노모와 중절모를 접어 쓴 마흔의 아들이 낚싯대를 드리우고 강가에 앉아 있다. 삐끗대는 뜰채에 붕어가 반짝인다. “어제는 팔뚝만 한 잉어를 놓쳤지유 그게 말이쥬 잉어를 잡자마자 뜰채에다 대가리를 콱 박아야 하는데 우리 노인네가 뭔 힘이 있어야쥬.” 발을 헹구던 노모의 표정이 강물에 번진다. 노인이 뜰채를 흔든다. 물결이 바람에 쓸려 그물주머니를 채운다. 등가죽이 눈부신 물고기 한 놈이 뜰채에서 벗어나 강으로 쓸려간다 “앗따 저 놈은 내 것이 아니지유 내 주머니 들어왔다고 다 내 껀가유. 나 좋다구 좁은 구석도 견뎌 주다가 저녁 밥상에 올라 오는 놈이 진짜 내 것이쥬.” 어지럽게 파닥이던 한갓 그리움 골라낼 이유 없이 가벼워진 하루

헛짚던 하루가 환하게

그 애는 전화를 할 때마다 뭐하느냐고 묻는다
나는 그때마다 늘 뭐하는 중이다
전화도 그 애가 먼저 한다

카페로 자리를 옮기는 중
추웠고 일 년 동안 써먹은 몸이 삐걱이는 중이었다

A도 내일 논대 지난번에 맡긴 것 주려고

그럼 내일 같이 보자고 보리밥을 먹자고 했다

그 애는 꼭이야, 잊지 말라고 했다

잊지 말라는 그 애의 말에

날개가 돋도록 간질여도 웃지 않던

하루가 환하게 건너간다

(사)춘천민예총문학협회
시문 동인 5집

내가 나에게

1판 1쇄 발행	2024년 10월 10일
지은이	시문 동인
발행인	윤미소
발행처	(주)달아실출판사
책임편집	박제영
편집위원	김선순, 이나래
기획위원	박정대, 이홍섭, 전윤호
디자인	전부다
법률자문	김용진, 이종진
주소	강원도 춘천시 춘천로 257, 2층
전화	033-241-7661
팩스	033-241-7662
이메일	dalasilmoongo@naver.com
출판등록	2016년 12월 30일 제494호

ISBN 979-11-7207-030-4 03810

* 잘못된 책은 구입한 곳에서 바꿔드립니다.
* 책값은 뒤표지에 표시되어 있습니다.
* 이 시집은 2024년 춘천문화재단 후원으로 제작되었습니다.